RÉPONSE

DES

CABRIOLETS

A LA REQUÊTE

DES FIACRES.

Parce, puer, stimulis, & fortiùs utere loris. OVID.

(3)

A LONDRES.

M. DCC. LXVIII.

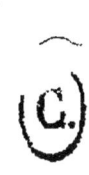

RÉPONSE
DES CABRIOLETS
A LA REQUÉTE
DES FIACRES.

U nom de la Déesse Mode
Et du Caprice son cher fils,
Déraisonnant avec méthode
En Province comme à Paris.
Les *Merveilleux* du fol Empire,
Abbés mondains, Robins coquets,
Vétérans, nouveaux Freluquets,
Fille, femme en même délire,
Tous, jusqu'aux galants Turcarets
Reclament les Cabriolets.....

A ij

Faut-il, Seigneur, qu'un Peuple Fiacre,
Plus machine que fes chevaux,
Fronde, perfifle d'un ton âcre
Les châteaux ailés de Paphos,
Ces Myrtiles de l'élégance,
Qui promenent leur fuffifance,
Et peut-être leur nullité,
Dans un char où la molle aifance
Admet le plaifir effronté
Qu'ils appellent la volupté ? . . .
Seroit-il de l'honnêteté
Que la *Promeneufe* ex-Bourgeoife
S'enfevelît dans trois panneaux ?
Elle veut joüir *à la toife*
Des fpectacles les pius nouveaux :
C'eft un Trône ambulant pour elle
Qu'une voiture à découvert;
Zéphir l'agite de fon aile,
Et les Amours font de concert. . . .
Que les Fiacres, maffive engeance,
Traîtent dans leurs lourds poulaillers

Avec leurs *pénitents* courſiers,
La peſante & plate exiſtence
D'un gros Cerbere de Finance
Chez Plutus allant abboyer ;
Un vieux Banquier à vaſte panſe
A la Bourſe allant ſoudoyer ;
La plaideuſe allant ſupplier
Chez ſon Rapporteur d'importance,
Qui la pourroit bien foudroyer,
Et ſa fille la jeune Hortenſe ;
Les Amours du cinquiéme étage
Allant à Saint-Cloud s'égayer,
Un gros Bonze & ſon radotage
Au Pays Latin ſommeiller.
La *Fiacrerie* eſt l'équipage
Fait pour gens de pareil métier :
Mais vouloir que l'aimable eſpece,
Le Petit-Maître frétillant,
La folle Petite-Maîtreſſe,
Au courſier donnent un pas lent,
Seigneur, c'eſt viſer au prodige,

Et les Fiacres allant, trottant,

Encor n'en feroient pas autant.

Pefez bien la rixe ou la lige ;

Un Cabriolet qui voltige

Prend des tours délicats, aifés ;

Du Maître il trace le vertige,

Les pavés n'en font pas brifés,

Et le Fiacre les pulvérife.

Si Fiacres font pulvérifés,

Roffés & toujours méprifés,

Le *pour-boire* les indemnife.

Ces faquins font pétris d'humeur....

Il en eft trop dans l'opulence,

Fiacres comme eux, gens pleins d'aigreur,

Accablant le plaintif malheur

Sous le poids de leur importance....

D'eux à vous quelle différence !

Magiftrat rempli de bonté,

De fageffe & d'aménité,

Solide appui de l'indigence :

On vous aborde avec aifance,

Vous fixez la félicité
Dans le vrai centre de la France:
S.....conduit droit à T...
Humanité, divinité,
Je m'en tiens à reconnoissance,
Tout bon François en est doté.
Si notre tête est un peu folle,
En sommes-nous moins bons François?
Nos prudens Rivaux les Anglois,
Comme nous, font la cabriole,
Et sont fous des Cabriolets.
Si la mode est la chere idole
Et de *Lutéce* & d'*Albion*,
Dans un Cabriolet mignon
Vif comme un traîneau sur la glace,
Qu'importe à la roulante masse
D'un *Fiacre* qui ne peut courir,
Que le char léger du plaisir
L'atteigne, le croise & l'efface?
Le Cabriolet cherche à fuir;
Le Maître de si bonne grace

Par son foüet sçait l'avertir :

C'est un coup-d'aile de Zéphir.

Le Fiacre en fait laide grimace ;

Mais un Fiacre doit-il jouir ? . . .

Sa voiture est-elle séante

Pour nos aimables Fanfarons,

Pour Gertrude à bouche béante,

Qui voudroit bien que les pigeons

De Vénus qui la rend fringante

Fussent attelés au timon

Du Cabriolet qui l'enchante ?

Seroit-on plus dur que Timon,

L'impitoyable Misanthrope,

Quand le Char de Cypris galope ;

Le limonier c'est Cupidon . . . .

Sur nos remparts semés de charmes,

Mille galants Cabriolets

Font circuler les vifs attraits

De Flore & d'Hébé sous les armes,

Tandis qu'en son coffre sali

Un ourson de Fiacre impoli

Traîne Madame la *Baillive*

Avec Monſieur l'*Élû* ſon fils,

Débarqués d'hier à Paris.

Sans doute il faut qu'un Fiacre vive,

Menant ceux-là, roulant ceux-ci,

En marche très-végétative,

Il nous laiſſera, Dieu merci,

Du moins la courſe impérative.. ৡ

Je ſuis l'ouvrage de l'Amour,

Un Cabriolet peut le dire.

Si dans le lyrique ſéjour

Le moindre jonc chante & ſoupire?

Un Char peut parler à ſon tour.

Nous conduiſons, tête levée,

Le Plumet au dortoir des Ris,

Dans un ſolitaire pourpris

D'où la vertu s'eſt eſquivée:

Le badin Enfant de Cypris

Prend ſon foüet & ſon épée,

L'amene aux genoux de Cloris;

On devine aſſez l'équipée.

A v

Plaisir rapide est d'un grand prix.
Un Bracmane de sa cellule
S'élance sur notre coussin
Pour aller voir si le raisin
Dont il boit le jus sans scrupule,
Ne coule pas & va son train,
En attendant la canicule :
On feroit un meilleur refrain ;
Mais l'on respecte la férule.
Allons toujours notre chemin ;
Car il faut que l'esprit circule. ....
Disons d'un petit ton bénin:
Qu'un Cabriolet est malin !
Combien de Bégueules titrées,
De leur dignité pénétrées,
Ont dans les Carrosses Bourgeois
Nargué l'Amour, bravé ses loix !
Et dans le Vis-à vis encore,
Le voluptueux Vis-à-vis,
Le Char de Mars & de Cypris,
Que Martin vernit & décore,

Qu'il en eſt de ces cœurs mutins
Que les Amours *Eſtrapontins*
Firent échouer avec grace !
Diſons que pour fille & garçon,
Ou pour gens de plus noble race,
Un Cabriolet ſans façon,
N'auroit-il même qu'une place,
Vaut le Sopha de Crébillon....

Les Fiacres plaignants voudroient dire
Que fermés ils ſont plus diſcrets,
Qu'ils ont plus ſouvent les ſecrets
Des Commenſaux du tendre Empire;
Seigneur arbitre, s'il vous plaît,
Permettez qu'un Cabriolet
Chemin faiſant vous oſe inſtruire
Du cabriolique intérêt.
Aux Fiacres ce n'eſt pas pour nuire,
Ces pauvres diables font pitié;
Nous les voyons ſecher ſur pié:
S'ils n'avoient pas les mariages,
Et les gros Baptêmes auſſi,

A vj

Ils feroient de fots perfonnages.

Le nôtre eft plus charmant ici.

Le plaifir eft notre partage ;

Du monde il faudroit fçavoir l'âge

Pour entendre les *mais*, les *fi*

Qui feroient à notre avantage.

Nous fommes d'un antique ufage ;

La preuve en deux mots la voici.

Les Graces danfoient toutes nues,

Sans myftère, au bon fiécle d'or ;

Le vice on ignoroit encor,

Quand la Vertu couroit les rues ;

On ne pilloit point fon tréfor :

De la rofe de l'innocence

On fe paroit, on s'en alloit

Au grand jour, en pleine évidence

Dans un rural Cabriolet.

D'Aftrée alors c'étoit l'enfance ;

Point d'abus, point de défiance ;

Point de Fiacre à vitres de bois,

Où fouvent l'honneur aux abois

Fait une foible réfiftance. . . .

Mais c'étoit de ces Chars légers
Où les Bergères, les Bergers
Penchés fur des moufles légeres
Aux yeux des peres & des meres
Parcouroient les riants Vergers
En froiffant les humbles fougeres
Trônes de leurs jeux paffagers.
Les Cabriolets font fans doute
D'après ces beaux Chars imités;
Dans le Pays des Voluptés,
Les voit-on fe tromper de route ?
Et les Fiacres laffés , crotés
Avec leurs hôtes cahotés
N'arrivent jamais qu'en déroute....
Fiacre rempant, beuglant, jurant
Jour & nuit, ambulant blafphême ,
Maudit Fiacre , garde ton rang ,
C'eft celui de tes chevaux même....
Les Cabriolets font fêtés,
Sur l'aîle de Zéphir portés ,
Au Temple du Dieu le plus tendre;

Des plaifirs ils font efcortés,

Vous par les ennuis bálotés

Contre ces charmants effrontés,

Fiacres, que voulez-vous prétendre?

Qu'ils foient timbrés, numérotés....

Il eft des timbres à revendre,

Des numeros de tous côtés.

Timbres de cerveaux phantaftiques

D'Auteurs comiques & tragiques,

De *Rimailleurs*, d'*Ecrivailleurs*

Qui ne font pas moins faméliques,

Que leurs Rivaux, que leurs Critiques;

On jeûne à Paris comme ailleurs;

Timbres de folles lunatiques,

Trop ivres des acçents phyfiques,

Y voulant accorder les mœurs;

Timbres d'herminés Galéniques

Dans leurs rébus fcientifiques,

Qui ne font pas plus grands Docteurs

Que Napolitains empyriques;

Timbre des enragés Plaideurs;

Celui d'un fat dont la parure
L'occupe au moins un demi-jour.
Timbre d'Eglé qui peste & jure
Contre le tems & son injure,
Voulant que la jeunesse endure
Le récit de ses faits d'amour.
Eglé vieillit, elle en murmure ;
Il faut que chacun ait son tour.
C'est le *vouloir* de la nature.

    Loin de timbrer, numéroter
Des Amours la voiture agile,
Visible Zéphir dans la Ville,
D'autres il faut étiqueter :
Le Financier qui prend carrosse
A l'instant qu'il a passé bail,
Doit payer pour cet attirail,
Pour cause, une somme assez grosse.
Il ne faut pour son numero
Que le moindre petit Zéro.
On sçait comment il multiplie,
Quelques chiffres feront de l'O

La lettre la plus accomplie.

Le timbre eft pour le Commerçant

Et fa voiture anticipée ;

Pour le podeftat fuffifant,

Les trois quarts du jour en épée.

Timbrez-nous bien ce Procureur

Qui parodie un Sénateur

Dans la Berline qui le traîne ;

Si par l'or s'achetoit l'honneur,

Seroit-il l'objet de la haine ?

    Fiacres, plaignez-vous qu'un Tailleur

Fait le rôle d'un Monfeigneur,:

Il a pris naiffance en Gafcogne ;

S'il roule en un Char enchanteur,

C'eft qu'il taille auffi bien qu'il rogne.

Timbrez fort ces gens *à pudeur* ;

L'Architecte de la frifure,

Plus d'un *Leuillier* pour la chauffure,

Sont *à mourir* , s'ils vont à pied :

Il leur faut la douce voiture.

Timbrez ces fats , ils font pitié.

Faites numéroter encore
Le roulant bahut d'un Abbé
Dans les Coulisses absorbé,
Qui dit sans cesse, *Hébé, Thisbé,*
Aurore Flore, Terpsicore.
Ce fou chez l'usurier tombé,
Qu'il soit timbré pour l'Ellebore.
Mais que nos vifs Cabriolets,
Marote des esprits follets,
Soient numérotés comme un Coche,
Un Fiacre abhorré des Valets!...
La mode ici le Fiacre accroche,
Et l'Amour prend ses intérêts.
Qu'on nous montre par quel emblême
On auroit l'art de désigner
Le Cabriolet d'un fat blême
Que Lyon a fait assigner,
Et que la *Pousse,* hapeuse extrême,
Au Geolier vient de consigner.
Celui d'un *Flamen* en *chenille,*
Gascon qui s'est fait résigner

Trois Prieurés , pure vétille,
Si c'eſt trop peu pour le damner....
Le Cabriolet de *Lucile*
Qu'un Docteur fit inoculer ,
Qu'en une étable l'homme habile
De par Galien vient d'emballer
Pour qu'elle y trépaſſe tranquille....

Et la vinaigrette imbécille
D'un vieux Gripe-ſou promenant
Sa femme , qui ſeroit ſa fille ,
Sur ſes plats genoux la tenant ,
Quand l'œil de la femme gentille
A tout paſſant , à tout venant
Dit que ſon ami reſte en ville....
Les impoſteurs Cabriolets
Des beaux Eſcrocs *Meſſieurs Projets*,
Roulant de Paris à Verſaille
Pour offrir des plans imparfaits.
Les Miniſtres peu ſatisfaits
En laiſſent faire un feu de paille....
L'équipage d'un rogue Huiſſier

Qui de prifer faifant métier ;
Prife les billets doux d'*Elmire*,
Arriere-femme d'un Caiffier,
Qui mourut à force de rire
D'avoir contraint un Financier
A fe ruiner , fans mot dire.
Le Cabriolet doucereux
D'un petit Sénateur en herbe,
Qui rend fon maître en droit honteux
De lui voir autant de fuperbe
Qu'il a l'efprit faux & quinteux....
 Que tous lourds Cochers l'on démonte,
Mais de nos vifs Automédons,
De nos Chars légers d'Amathonte,
Que les Fiacres faffent leur compte
D'effuyer les bruyants lardons.
 Le plaifir plein d'impatience
Eft-il peint traîné par des Bœufs,
Par des chevaux poudreux, bourbeux,
Lents convoyeurs de l'indolence ?
C'eft le char de l'intempérance,

Son Courſier rapide & fougueux,
Qu'il faut pour aller par décence,
Sur un petit air de Romance,
Conſoler deux jeunes beaux yeux
De la perte d'un vieux goûteux
Qui les laiſſe dans l'opulence.
Et chez Flore n'iroit-on pas
Dès l'aube réveiller la folle,
Qui blaſonne tous les états
Et les épluche à ſon école?
Un Cabriolet par détour
Peut ſaiſir, la nuit & ſans lune,
L'inſtant d'une bonne fortune
Qui veut à peine un demi-jour. . .
Dans un voluptueux ſéjour,
Sous une charmille diſcrette,
Où l'impatiente *Lucette*
Attend Lindor avec l'Amour.
Eſt-ce un Fiacre aſſommant ſes Roſſes
Pour des chemins prenant des foſſes
Qui doit promener le plaiſir?

Aux frontifes panneaux font des boffes,
C'eft l'extinction du defi.

   Cependant , Seigneur, qu'il vous plaife
Que nous allions toujours marchant ,
D'un air gai , rapide & tranchant,
Que nous voltigions à notre aife.
Notre courfe eft une fadaife ,
Zéphir n'eft pas trop accrochant,
Aux Chars il prête flâme & braife,
Electrifant tout en pallant,
Tandis qu'en l'obfcure fournaife
D'un Fiacre, Bouquin indécent,
Sans la portiere ou la mortaife,
Qui foulage d'un petit vent,
On expireroit, bien avant
Que le Révérend Pere Blaife
Fût arrivé de fon Couvent.
Pendant qu'on lui donne une Chaife,
Un vif Cabriolet fouvent
Aux Cieux fait une ame bien aife....
   Ordonnez que l'on roulera

En Cabriolet comme en Fiacre ;
Que leur Patron qui pèrora
Pour avoir triple Rime en *Acre*,
Se repente d'avoir mis Diacre,
Ou qu'à l'index on le mettra.
Autant vaut que le Fiacre facre,
Si Paris étoit un *Goa*.

Non , cette libre Capitale,
Le Temple des Arts & du goût,
De vos bontés attend fur-tout,
(Vous qui la rendez la rivale
Et de Rome & d'Athène en tout,)
Qu'en un Cabriolet s'étale
La follette & fon petit fou,
Ne fachant trop comment, par où
Ils vont atteindre une Barriere.
Au lieu que Saint-Fiacre pour vous
Marmote une neuvaine entiere,
Les Jeux, les Ris font aux genoux
Du Dieu de Gnide & de fa Mere,
Les priant de verfer fur vous

Les plus doux parfums de Cythere.
Les Dieux, de leur repos jaloux,
N'aiment pas si longue priere.

www.ingramcontent.com/pod-product-compliance
Lightning Source LLC
Chambersburg PA
CBHW061732180626
46818CB00006B/2568